신비한 괴물 섬과 마법의 열매

주노 글·그림

차례

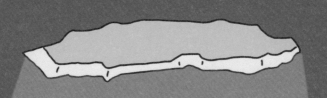

악! 괴물이 나타났어

 씨앗 마을에 너구리 남매가 살았어요. 오빠 너구리 포포는 소심한 성격에 게임을 좋아했고 동생 너구리 치치는 씩씩한 성격에 먹는 걸 좋아했어요. 포포는 용돈을 받으면 게임팩을 샀고 치치는 맛있는 간식을 사 먹었죠. 남매는 서로 좋아하는 게 달랐지만, 사이좋게 잘 지냈답니다.

 그러던 어느 날, 오빠 포포가 동생 치치의 저금통을 몰래 들고 나갔어요. 새로 나온 게임팩이 귀한 한정판이라 꼭 사고 싶었는데, 돈이 부족했거든요.

치치는 저금통이 없어진 것을 알고 깜짝 놀라 소리쳤
어요.

"내 저금통을 훔치다니! 절대 용서 못 해!"

포포가 게임팩 가게에 가려면 말랑말랑 해변을 지나
야 했어요. 치치는 오빠를 잡으려고 뒤쫓아갔지만, 말랑
말랑 해변 모래에 발이 빠져 잘 달릴 수가 없었죠. 그래
도 치치는 힘을 냈어요. 저금통에 모은 돈으로 마라 떡

볶이를 사 먹을 생각이었거든요. 마라 떡볶이를 생각하며 열심히 달리다 보니, 저 멀리 오빠가 보였어요.

"거기 서! 이 도둑아!"

치치는 큰 소리로 외쳤어요. 뒤를 돌아본 포포가 깜짝 놀란 표정을 짓더니, 이내 활짝 웃었어요. 그 모습을 본 치치는 더 화가 났답니다. 심지어 포포는 엉덩이를 흔들며 장난스럽게 소리쳤어요.

"따라올 테면 따라와 봐!"

치치는 속이 부글부글 끓었어요. 오빠를 잡기 위해 더 힘을 내 달렸죠.

그때였어요. 갑자기 바닷가에서 커다란 파도가 솟아 올랐어요. 치치는 깜짝 놀랐죠. 날씨가 좋은 날에 저렇게 큰 파도를 본 적이 없었거든요. 그런데 그 파도의 거품 속에서 커다란 괴물이 나타났어요. 괴물은 물고기 모양을 하고 있었지만, 크기가 빌딩보다 컸으며 이마에는 도깨비 뿔처럼 생긴 것이 달려 있었어요. 치치는 놀라 어쩔 줄 몰랐어요. 그러는 사이, 괴물이 포포를 한입에 꿀꺽 삼켜 버리고 말았답니다.

"악!"

치치는 외마디 소리를 질렀어요. 너무 놀란 나머지 다리에 힘이 풀려 그 자리에 주저앉고 말았죠.

'어쩌지, 어쩌지? 저 괴물이 오빠를 삼켜 버렸어!'

치치의 머릿속에는 같은 말만 계속 맴돌았어요.

괴물이 다시 바닷속으로 들어가려고 하자, 치치는 정신을 차리고

주위를 둘러보았어요. 빈 깡통 하나가 눈에 들어왔죠. 재빨리 깡통을 집어 들고는 괴물을 향해 힘껏 던지며 소리쳤어요.

"오빠를 내놔!"

치치가 던진 깡통은 괴물 몸에 정확히 맞았어요. 바닷속으로 들어가려던 괴물은 갑자기 멈춰 서더니, 치치를 도깨비 같은 눈빛으로 노려보았어요. 그러고는 한순간에 치치 쪽으로 달려와 치치마저 한입에 삼켜 버렸답니다.

'꿀꺽!'

괴물은 만족스러운 표정을 짓고는 깊고 어두운 바닷속으로 천천히 사라졌어요.

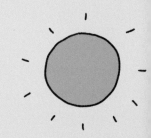

마법 열매의 비밀

동생 너구리 치치는 눈을 떴어요. 머리가
어질어질해 무슨 일이 일어난 건지 알 수 없었죠.
그런데 배가 고픈 걸 느끼고 살아 있다는 걸 깨달았어
요. 주위를 이리저리 둘러보니 알 수 없는 외딴섬에 있
는 것 같았어요. 마치 무인도처럼 보였죠. 치치는 다시
주변을 살폈지만, 오빠는 보이지 않았어요.

'어쩌면 이 섬 어딘가에 오빠가 있을지도 몰라.'

치치는 오빠를 찾으려고 일어났어요. 그러다 야자나
무를 발견했죠. 마침 목이 말라 태권도장에서 배운 발

차기를 날려 야자열매 하나를 떨어뜨렸어요. 기뻐하며 야자열매를 집으려는 찰나, 쿵! 하는 소리와 함께 누군가가 나무에서 떨어졌어요.

"누구야! 누가 내 낮잠을 방해한 거야? 꺄르르."

야자나무에서 떨어진 것은 독특하게 생긴 새였어요.

치치는 깜짝 놀라며 물었어요.

"당신은 누구죠?"

"난 도도새야. 이 섬에 살고 있지, 꺄르르. 야자열매를 먹으려고?"

도도새는 땅에 떨어진 야자열매를 눈 깜작할 사이에 집어 들더니 날카로운 부리로 단숨에 구멍을 냈어요. 그러고는 치치에게 건넸어요. 치치는 얼떨결에 야자열매를 받아 마셨어요. 야자열매 속 즙은 냉장고에서 갓 꺼낸 것처럼 시원했어요. 갈증이 거짓말처럼 싹 사라졌죠.

"고맙습니다. 이렇게 상쾌하고 시원한 야자열매 즙은 처음이에요."

치치는 도도새에게 말했어요.

"이 섬에는 맛있는 열매들이 많아."

도도새의 말을 듣고 치치는 고개를 돌려 보았어요. 나무마다 다양한 열매가 주렁주렁 매달려 있었어요. 사탕 모양 열매, 젤리 모양 열매, 심지어 파이 모양 열매도 보였죠. 모두 치치가 좋아하는 것들이었어요. 그걸 보자 치치의 배에서 꼬르륵! 소리가 크게 났어요. 마치 천둥 치는 소리처럼요.

"너, 배가 많이 고프구나? 그럼 날 따라와, 꺄르르."

도도새는 숲속으로 걸음을 옮겼어요. 치치도 그 뒤를 따라갔죠. 커다란 나무 아래에서 멈춘 도도새는 나무를 잡고 힘껏 흔들었어요. 그러자 열매 하나가 퉁! 떨어졌어요. 그 열매는 붕어빵 모양이었어요. 도도새는 열매를 집어 치치에게 건넸어요.

"먹어 봐. 배고픈 게 금방 사라질 거야."

치치는 붕어빵 열매를 허겁지겁 먹기 시작했어요. 붕어빵 열매는 겉은 바삭하고 속은 푹신했어요. 치치가

맛있는 붕어빵 열매 5개를 찾아보세요.

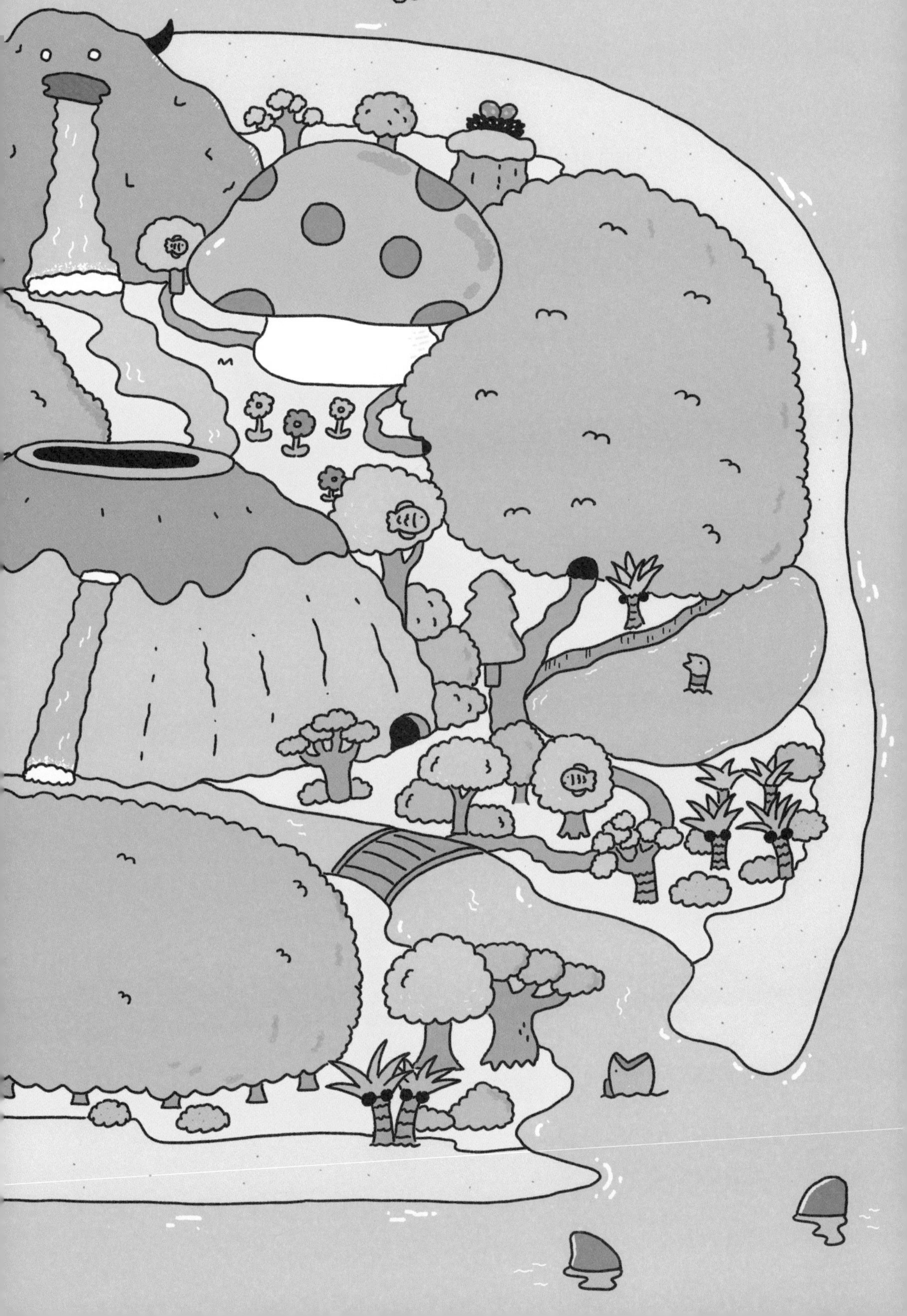

좋아하는 달콤한 슈크림도 가득 들어 있었어요. 치치는 순식간에 열매를 먹어 치웠어요.

"정말 맛있어요!"

치치는 눈을 반짝이며 감탄했어요.

도도새는 다시 숲속으로 발걸음을 옮겼어요. 치치도 입맛을 다시며 따라갔죠. 이번에 멈춘 곳은 무지개 사탕 열매가 열리는 나무 앞이었어요. 도도새가 나무를 흔들자 열매 하나가 툭! 떨어졌어요.

도도새는 무지개 사탕 열매를 치치에게 건넸어요.

"이건 껍질을 잘 까서 먹어야 해. 신비한 맛이 나는 사탕 열매거든."

치치는 조심스럽게 껍질을 벗겨 열매를 살짝 핥아 맛을 본 다음 한 입 깨물었어요. 그러자 입안 가득 달콤함이 퍼지며 기분이 좋아졌죠. 마치 무지개를 먹는 듯한 기분이었어요.

"이곳에서는 이런 열매를 매일 마음껏 먹을 수 있어요?"

치치가 기대에 찬 얼굴로 물었어요.

"맞아, 열매는 금방 다시 자라서 주렁주렁 열리지. 마음껏 먹으라고, 꺄르르."

"신비한 곳이네요. 아, 제 이름은 치치예요."

치치는 무지개 사탕 열매를 맛있게 오도독 깨물며 말했어요.

도도새는 몇 발짝 옮겨 옆에 있는 나무를 흔들었어요. 그러자 곰돌이 젤리 열매가 톡! 떨어졌어요. 도도새는 열매를 주워 바위 위에 앉아 먹기 시작했어요. 도도새의 뾰족한 부리가 젤리 열매 과즙으로 범벅이 되었어요.

"나는 그냥 도도새라고 불러줘, 꺄르르."

"네. 도도새님, 그런데 여기가 어디죠?"

치치가 물었어요.

"여기는 괴물의 뱃속이야, 꺄르르."

"네? 여기가 괴물의 뱃속이라고요?"

치치는 화들짝 놀라 들고 있던 무지개 사탕 열매를 떨어뜨리고 말았어요.

"그래, 괴물의 뱃속. 너도 아마 괴물에게 잡아먹혔겠지?"

"네, 맞아요!"

치치는 당황하며 대답했어요.

"나도 오래전에 그 괴물에게 잡아먹혔어. 눈을 떠 보니 이곳에 와 있었지. 처음에는 내가 살던 세상으로 돌아가려고 했지만, 그만두었어. 신비하고 맛있는 것들로 가득한 여기서 그냥 살기로 했지."

"저는 오빠를 찾아야 해요!"

"뭐라고?"

도도새는 젤리 열매 때문인지 몸이 흐물흐물해지고

있었어요. 치치는 놀랐지만, 침착하게 다시 말을 했어요.

"오빠요! 제 저금통을 훔쳐 달아나던 오빠도 괴물에게 잡아먹혔거든요. 어쩌면 이 섬 어딘가에 있을지도 몰라요. 혹시 제 오빠를 본 적 있나요?"

"아니. 너 말고는 본 적이 없어, 꺄르르. 하지만 어쩌면…."

도도새의 표정이 갑자기 어두워졌어요. 치치는 가슴

이 덜컥, 불안해졌답니다.

"어쩌면, 뭐요?"

"황금 원숭이들이 잡아갔을지도 몰라."

"황금 원숭이요?"

"응, 황금 원숭이들은 귀한 열매나 특별한 걸 찾아 왕에게 바치거든. 어쩌면 네 오빠를 신기하게 여겨 왕에게 데려갔을지도 몰라."

"왕이요?"

"응."

"황금 원숭이들은 지금 어디 있죠? 오빠를 구해야 해요!"

"그건 나도 잘 몰라, 꺄르르. 황금 원숭이들은 늘 바쁘게 이 섬 여기저기를 돌아다니니까."

치치는 희망이 사라진 것 같았어요. 땅에 떨어진 무지개 사탕 열매는 어느새 녹아 버리고 없었어요. 마치 치치의 마음처럼요.

"하지만 방법이 있어, 꺄르르."

도도새는 곰돌이 젤리 열매를 입에 넣으며 말했어요.

"정말요?"

"날 따라와, 꺄르르."

도도새는 몸이 흐물흐물해진 채 걷기 시작했어요. 치치는 그 모습을 보고 웃음이 터졌지만, 손으로 입을 막고 도도새를 따라갔어요.

한참 뒤, 도도새는 커다란 나무 앞에 멈췄어요. 나무에는 사과파이 열매가 달려 있었어요. 도도새가 나무를 흔들자 열매 하나가 퐁! 떨어졌어요.

"자, 이걸 먹어 봐."

"저는 이제 배가 부른걸요."

"그래도 한 입만 먹어 봐, 꺄르르. 신비한 일이 일어날 거야."

치치는 도도새에게 사과파이 열매를 받았어요. 파이 열매는 막 구운 것처럼 노릇노릇하고 고소한 냄새가 났어요. 치치는 입안에 군침이 돌았죠. 눈을 감고 파이 열매를 먹었답니다. 부드럽고 상큼달큼한 것이 정말 맛있었어요.

그런데 갑자기 치치의 얼굴이 풍선처럼 부풀기 시작했어요. 얼굴은 점점 더 커지더니 어느새 서 있기도 힘들 만큼 커졌어요.

"어떻게 된 거죠?"

치치는 어쩔 줄 몰라 하며 도도새에게 물었어요.

"사과파이 열매는 하늘에 잠시 떠 있게 해 주는 열매야, 꺄르르."

정말이었어요. 치치 몸이 하늘에 동실 떠올랐어요. 점

점 높이 올라가 열기구처럼 하늘에 떠 있었어요.

"으악! 살려주세요!"

치치는 무서워서 소리쳤어요.

"걱정 마! 잠깐만 떠 있는 거야, 꺄르르. 황금 원숭이들이 어디 있는지 찾아봐! 두려움을 이겨 내면 새로운 게 보이는 법이지!"

치치는 겁이 났지만, 오빠를 생각하며 용기를 냈어요. 눈을 크게 뜨고 주위를 둘러보았죠. 하늘에 떠 있으니 섬 전체가 한눈에 들어왔어요. 수많은 나무와 커다란 동굴이 보였죠. 숲 한 가운데에는 폭포가 시원하게 쏟아지고 있었어요. 섬 주변으로는 끝없이 펼쳐진 바다가 반짝였어요.

치치는 오빠를 떠올리며 눈에 힘을 주고 숲속을 유심히 살폈어요. 마치 숨은그림찾기를 하는 것처럼 말이에요. 그러다 폭포 근처에서 황금빛 원숭이 무리를 발견했죠. 황금 원숭이들은 어디론가 가고 있었어요.

"저기! 황금 원숭이들이 보여요!"

치치는 풀숲에 누워 있는 도도새에게 외쳤어요.

황금 원숭이들의 노래

잠시 뒤, 치치는 천천히 땅으로 내려왔어요. 얼굴이 원래대로 돌아오자 다행이라며 한숨을 내쉬었죠.

치치와 도도새는 황금 원숭이들이 있는 곳을 향해 달리기 시작했어요. 달리다 지치면 콜라 열매를 따 먹었답니다. 톡 쏘는 청량한 맛이 최고였어요. 콜라 열매를 먹으면 다리에 힘이 솟아 빠르게 달릴 수 있었어요. 자꾸 트림이 나오는 게 문제였지만요.

"정말 폭포 근처가 맞아? 꺄르르… 꺼억~"

"네, 그쪽에 분명히 황금 원숭이들이 있었어요. 꺼억~"

치치와 도도새는 폭포에 도착했
어요. 황금 원숭이들이 노래를
부르며 걸어가고 있었어요.

오늘도 우리는 바나나를 찾네~
하지만 이 섬에는 바나나가 없네~
그래도 맛있는 게 가득하다네~에~~

그때 도도새가 소리쳤어요.
"이봐! 황금 원숭이들!"
깜짝 놀란 황금 원숭이들이
후다닥 나무 위로 올라
갔어요. 그중 한 원숭
이가 나뭇가지 앞으로
얼굴을 내밀며 말했어요.
"이게 누군가? 오랜만이군,
도도새. 옆에 있는 건 곰돌이

아닌가?"

"저는 곰돌이가
아니에요. 너구리라
고요!"

치치는 황금 원숭이
에게 소리쳤어요.

"곰돌이나 너구리나 같은 거
아닌가?"

황금 원숭이들이 서로 수군거렸어요.

"전혀 다르다고요!"

"그건 그렇고, 무슨 일인가? 우린 매우
바빠. 왕에게 열매를 바쳐야 하거든."

"혹시 제 오빠를 보셨나요?"

"오빠? 어떻게 생겼나?"

치치는 오빠 모습을 자세히 설명했
어요. 황금 원숭이들은 그제야 떠올
랐다는 듯 수군거리기 시작했어요.

"아! 며칠 전 해변에서 곰돌이 하나를 발견했지!"

"맞아! 아주 겁 많은 곰돌이였어. 우리를 보고는 깜짝 놀라 오줌을 찔끔했지!"

"우리가 그 곰돌이를 왕에게 데려갔지!"

황금 원숭이들은 별일 아니라는 듯 말했어요.

치치는 화가 났지만, 꾹 참고 침착하게 물었죠.

"왕은 어디 있나요? 오빠를 만나야 해요."

"왕의 위치는 알려 줄 수 없지. 우린 바빠서 이만 가야겠군."

황금 원숭이들은 나무를 타고 순식간에 숲속으로 사라졌어요. 치치는 몹시 슬펐어요. 겁쟁이 오빠가 너무 걱정되었거든요.

"도도새님, 이제 어떡하죠? 제발 도와주세요."

치치는 간절하게 도도새에게 부탁했어요.

"좋은 생각이 떠올랐어, 꺄르르. 따라와."

도도새는 폭포를 지나 한참을 걸어 어느 나무 앞에 멈췄어요. 치치가 나무를 올려다보며 물었어요.

"이건 무슨 나무에요?"

"초콜릿 나무야. 이 섬에 딱 하나밖에 없는 아주 희귀한 나무지."

도도새가 나무를 흔들자 열매가 탁! 떨어졌어요. 도도새는 열매를 주우며 말했어요.

"자, 어서 황금 원숭이들을 쫓아가자!"

도도새와 치치는 황금 원숭이들을 쫓아 숲속 깊숙이 달려갔어요. 한참을 달려 나무 위에서 열매를 손질하며 신나게 노래를 부르고 있는 황금 원숭이들을 발견했어요.

오늘도 우리는 바나나를 찾네~

하지만 이 섬에는 바나나가 없네~

그래도 우리는 행복하다네~

우리에겐 위대한 왕이 있다네~에~~

"이제 어떻게 해요?"

나무 뒤에 숨어 있던 치치가 도도새에게 속삭였어요. 도도새는 아까 딴 초콜릿 열매를 보이며 말했어요.

"잘 보라고, 꺄르르."

그러더니 뾰족한 부리로 초콜릿 열매를 한 입 깨물었어요. 그 모습을 본 치치는 입안에 침이 가득 고였죠. 초콜릿이 정말 맛있어 보였거든요. 그래도 꾹 참고 도도새를 지켜봤어요. 그런데 갑자기 마법 같은 일이 일어났어요. 도도새가 순식간에 사라져버린 거예요. 먹다 남은 초콜릿 열매만 땅에 덩그러니 남아 있었어요.

"도도새님? 도도새님!"

치치는 나무 주위를 두리번거리며 도도새를 찾았어

요. 하지만 아무리 찾아도 보이지 않았어요.

"꺄르르."

그때 도도새 목소리가 공중에서 들려왔어요.

"어디 계신 거예요? 설마….."

"맞아, 난 지금 투명해졌어! 이 초콜릿 열매를 먹으면 한동안 투명해져, 꺄르르. 어서 너도 먹어. 황금 원숭이들이 열매를 바치러 왕에게 갈 테니 몰래 쫓아가자고."

"우와! 도도새님, 정말 똑똑해요."

치치가 낮은 목소리로 말했어요. 그러고는 초콜릿 열매를 집어 한 입 깨물었어요. 초콜릿 향이 입안 가득 퍼졌어요. 부드럽고 달콤했죠. 치치가 초콜릿을 꿀꺽 삼키자 손이 점점 투명해지는 게 보였어요. 투명해진 도도새도 보이기 시작했죠. 초콜릿을 나눠 먹어

서 서로를 볼 수 있게 된 거예요.

치치는 남은 초콜릿 열매를 가방에 넣고 황금 원숭이
들을 몰래 뒤쫓았어요. 황금 원숭이들은 머리 위에 도도
새가 있는 걸 전혀 알아채지 못했어요. 도도새가 팔락팔
락 춤을 추고 있는데도 말이에요. 그 모습을 본 치치는

웃음을 참느라 입을 꼭 막았어요. 웃음소리가 새어 나가면 황금 원숭이들에게 들킬지도 모르니까요. 그런데 갑자기 도도새의 부리가 서서히 보이기 시작했어요.

"이봐, 저기 바나나가 떠 있는 것 같은데?"

황금 원숭이 중 하나가 눈을 동그랗게 뜨며 외쳤어요.

도도새의 부리는 얼핏 보면 바나나처럼 보였거든요. 도도새는 급히 손으로 부리를 가리고 폴짝 내려와 풀숲에 몸을 숨겼어요. 치치도 얼른 따라 숨었죠.

"어떡하죠? 투명해지는 시간이 끝났나 봐요."

"초콜릿 열매를 나눠 먹으면 또 투명해질 수 있어, 꺄르르."

도도새는 초콜릿 열매를 받아 한 입 깨물었어요. 치치도 한 입 먹고 꿀꺽 삼켰죠. 이제 초콜릿은 반밖에 남지 않았어요.

'초콜릿 열매가 더 있으면 좋을 텐데….'

치치는 속으로 생각하며 남은 초콜릿 열매를 소중히 가방에 넣었어요.

왕관을 쓴 거대한 고양이

황금 원숭이들이 도착한 곳은 커다란 동굴 입구였어요. 동굴 앞에는 커다란 돌 식탁이 놓여 있었어요. 황금 원숭이들은 가져 온 열매들을 그 위에 올렸어요. 붕어빵 열매, 포도 열매, 파인애플 열매, 망고 열매, 베이컨 피자 열매까지! 이 섬에서만 볼 수 있는 신비로운 열매들이 가득 쌓였어요. 그 모습을 본 치치는 다시 배가 고파졌어요.

황금 원숭이들은 돌 식탁 앞에 무릎을 꿇고 엎드린 채 외쳤어요.

"이 섬의 주인이시여! 우리의 위대한 왕이시여! 부디 모습을 드러내시어 저희가 바친 열매들을 받아 주시고 저희를 지켜 주옵소서!"

치치와 도도새는 수풀 뒤에서 숨죽인 채 그 모습을 지켜봤어요. 그런데 그때 갑자기 땅이 울리기 시작했어요.

'쿵!'

'쿵!'

땅이 흔들릴 때마다 치치와 도도새의 몸도 함께 흔들거렸어요. 동굴 안에서 다시 거대한 소리가 울렸어요.

'꼬~르르륵~~~~'

그 소리는 섬 전체에 울려 퍼졌어요.

마침내 왕이 모습을 드러냈어요. 놀랍게도 왕은 거대한 고양이였어요. 몸집이 어마어마한 고양이 왕은 나뭇잎이 붙은 왕관을 쓰고 성큼성큼 걸어 나왔어요.

"끄~~~~~항~~~~~"

고양이 왕이 하품을 하자 강한 바람이 불어왔어요. 치
치와 도도새는 하마터면 바람에 날려갈 뻔했지만, 나뭇
가지를 꽉 잡고 있어서 간신히 버틸 수 있었답니다.

고양이 왕은 식탁에 놓인 열매 하나를 집어 입에 넣었어요. 하지만 몇 번 오물오물 씹더니 더는 먹지 않았어요. 그러다 피자 열매 하나만 들고는 다시 동굴 안으로 사라져 버렸어요.

고양이 왕이 사라지자 황금 원숭이들이 웅성거리며 수군댔어요.

"왜 안 드시는 거지?"

"모두 싱싱한 열매들인데, 마음에 안 드시는 건가?"

"어서 가서 더 신기하고 맛있는 걸 찾아보자고."

황금 원숭이들은 남은 열매들을 챙겨서 어디론가 가 버렸어요.

황금 원숭이들이 떠나자 도도새가 치치에게 말했어요.

"자, 이제 저 동굴 안으로 들어가 봐, 꺄르르."

"도도새님은 같이 안 가세요?"

"난 여기서 기다릴게. 갑자기 졸음이 몰려오네."

"무서워서 그러는 건 아니고요?"

치치가 의심스러운 눈빛으로 물었어요.

도도새는 대꾸도 하지 않고 나무 위로 올라가서는 금세 잠들어 버렸어요. 사실 치치는 너무 무서웠어요. 하지만 오빠를 생각하며 두 손을 꽉 쥐고 용기를 냈어요. 오빠를 구할 수 있는 건 자신밖에 없었으니까요.

치치는 결심을 굳히고 한 발 한 발 조심스레 동굴 안으로 걸어 들어갔어요. 동굴 안은 마치 옷장 속처럼 깜깜했고 바닥은 축축하고 차가웠어요. 그래도 치치는 씩씩하게 걸어갔죠.

한참을 걷다 보니, 드디어 동굴 끝에 도착했어요. 동굴 끝에는 천장이 뚫린 것 같은 커다란 구멍이 있었고 그 구멍으로 빛이 쏟아지고 있었어요.

구멍 아래에는 고양이 왕이 잠들어 있었어요. 고양이 왕은 숨을 쉴 때마다 둥근 배가 풍선처럼 부풀었다가 천천히 내려갔어요.

고양이 왕 옆에는 거대한 나무 한 그루가 우뚝 서 있었어요. 순간 치치는 나무 위에 누군가 있다는 걸 알아차렸죠. 그것은 바로 오빠, 포포였어요! 포포는 피자 열매를 정신없이 먹고 있었어요.

치치는 조용히 나무를 타고 올라가기 시작했어요. 포포가 있는 곳에 다다르자 고개를 내밀며 외쳤죠.

"저금통 도둑, 드디어 잡았다!"

포포가 깜짝 놀라 고개를 들더니, 동생 치치를 보고 눈물을 흘렸어요.

"으앙~ 날 구하러 왔구나! 엉엉."

포포가 울면서 손을 내밀었어요. 치치는 손을 잡고 나무 위로 올라갔어요. 마침내 너구리 남매는 나무 위에서 다시 만났답니다. 남매는 눈물을 닦고 서로를 보며 반가운 웃음을 터뜨렸어요.

"오빠! 어서 이곳을 빠져나가자. 고양이 왕이 깨어나기 전에."

치치가 다급하게 말했어요. 하지만 포포의 표정이 어두워지더니 조심스럽게 대답했어요.

"지금은 못 가."

"뭐? 왜? 지금이 기회잖아!"

고소한 베이컨 피자 열매 5개를 찾아보세요.

치치는 이해할 수 없었어요.

"고양이 왕이 아파. 우리가 도와줘야 해."

"그럴 시간이 없어! 고양이 왕이 깨어나면 우리를 잡아먹을지도 몰라."

"아니야. 고양이 왕은 열매 말고 아무것도 먹지 않아. 내가 이렇게 살아있는 게 그 증거야."

치치는 잠시 생각하더니 물었어요.

"그래서 어디가 아프다는 거야?"

"잇몸에 뭔가 날카로운 게 박혀 있어. 내가 빼 보려고 했는데, 안 빠지는 거야."

오빠 말에 치치는 잠든 고양이 왕에게 살금살금 다가가 입안을 들여다보았어요. 정말로 잇몸에 날카로운 것이 박혀 있었어요. 치치는 그것을 두 손으로 꽉 잡고 힘껏 당겼지만, 꼼짝도 하지 않았어요. 다행히 고양이 왕은 깊은 잠에 빠져 있었어요.

그때 어디선가 익숙한 목소리가 들려왔어요.

"내가 정말 무서워서 자는 척했다고 생각한 건 아니

3

지? 꺄르르."

바로 도도새였어요. 손에는 치즈케이크 열매를 들고 있었어요.

"치즈케이크 열매는 힘이 세지는 열매야. 혹시 몰라서 가져왔지."

도도새가 자랑스럽게 말했어요.

치치는 도도새를 보자 반가워 웃음이 나왔어요. 그리고 도도새에게 포포를 소개했죠.

인사를 나눈 후, 너구리 남매와 도도새는 치즈케이크 열매를 나눠 먹었어요. 치즈케이크 열매는 입안에서 사르르 녹으며 고소한 맛이 부드럽게 퍼졌어요. 케이크 열매를 먹고 나니 정말로 힘이 불끈 솟았어요.

셋은 힘을 모아 고양이 왕 잇몸에 박힌 날카로운 것을 잡고 동시에 당기기 시작했어요.

"하나, 둘, 셋!"

하지만 그것은 꿈쩍도 하지 않았어요. 힘이 조금 부족했던 거예요.

그때 뒤에서 노랫소리가 들려왔어요.

이럴 줄 알았지~ 침입자가 있었다니~
혹시 몰라 막내 원숭이가 잠입해 있었어~에~

치치는 깜짝 놀라 소리가 난 쪽을 돌아보았어요. 막내 원숭이가 자신들을 오해할까 봐 걱정됐죠. 셋이서 고양이 왕을 괴롭히고 있는 것처럼 보일 수도 있었으니까요.

"잠깐! 우리를 도와줘! 고양이 왕을 도와주려는 거야!"

치치가 다급히 설명했어요.

막내 원숭이는 사정을 듣고 고개를 끄덕였어요. 도도새가 건넨 치즈케이크 열매를 먹고 힘을 보태기로 했어요. 이제 넷이 힘을 합쳤어요.

"하나, 둘, 셋, 넷!"

드디어 고양이 왕 잇몸에 박혀 있던 날카로운 것이 쑥

빠졌어요. 고양이 왕은 고통스러운 듯 몸부림치며 크게
울부짖었어요.

"으~냐아옹~~!!!"

고양이 왕 울음소리가 섬을 뒤흔들었어요.

'우르르 쾅쾅!'

무너져 내릴 것처럼 동굴이 흔들렸고 구멍 뚫린 천장
에서는 비가 쏟아지기 시작했어요. 천둥소리도 요란하
게 울렸어요.

도도새는 땀을 흘리며 외쳤어요.

"우리가 뭘 잘못 건드린 거 아냐?"

"왕이 화나셨어! 왕이 노하셨어!"

막내 원숭이는 땅에 엎드려 울먹였어요.

그 순간, 고양이 왕이 갑자기 몸을 날려 나무를 타고 구멍 밖으로 솟아오르더니 먹구름 속으로 사라져 버렸어요. 비는 점점 더 거세게 퍼부었고 빗물에 젖은 날카로운 것의 정체가 서서히 드러났어요.

"이건… 플라스틱 조각이잖아? 왜 이런 게 고양이 왕 입안에 박혀 있었지?"

치치가 놀란 얼굴로 말했어요.

"괴물 물고기가 바다에 떠다니던 플라스틱을 삼킨 거 겠지. 황금 원숭이들이 그게 플라스틱인 줄 모르고 고양이 왕에게 바쳤고, 왕이 먹다가 잇몸에 박힌 걸 거야."

도도새가 말했어요.

안녕~ 괴물 섬

얼마 후, 비가 멈추고 먹구름도 걷히자 하늘에 커다란 무지개가 떠올랐어요. 그 무지개 위로 고양이 왕이 풀쩍 뛰어오르더니 기지개를 쭉 켰어요. 그러고는 다시 동굴 안으로 유유히 내려왔어요.

"이제 아프지 않아~ 야옹~"

"말을 할 줄 아시네요?"

치치가 놀라 물었어요.

"그렇다옹~ 내 이름은 냐옹킹! 냐옹킹은 말하고 노래하는 것을 좋아한다옹~ 하지만 입안에 뭔가가 박히는

바람에 말을 할 수 없었다옹. 열매들도 제대로 먹지 못했다옹."

냐옹킹 말에 치치는 왠지 미안한 마음이 들었어요. 며칠 전 말랑말랑 해변에 쓰레기를 버린 기억이 떠올랐거든요.

"너희가 내 아픈 곳을 고쳐줬으니, 나도 너희 소원을 들어주겠다옹."

냐옹킹은 춤을 추며 말했어요.

"우리는 원래 세계로 돌아가고 싶어요."

치치와 포포가 동시에 말했어요.

냐옹킹은 그건 아주 간단한 일이라며 거대한 나무를 톡톡 두드렸어요. 그러자 나무 아래에 커다란 구멍이 생기고 그 안에는 미끄럼틀 같은 터널이 나타났어요.

"이 길을 따라가면 원래 세계로 돌아갈 수 있다옹. 그리고 이건 바다에서도 숨을 쉴 수 있게 해줄 거다옹."

냐옹킹이 눈을 감고 꼬리를 살랑 흔들자 거대한 나무에 열매가 열렸어요. 바로 캐러멜 열매였죠. 냐옹킹은

열매를 따서 치치에게 건넸어요.

"어서 먹으라옹."

그때 도도새가 입을 열었어요.

"너희, 여기서 계속 지내는 건 어때? 아직 보여 줄 열매들이 많이 남았거든, 꺄르르."

"열매가 더 있다고요?"

치치가 눈을 반짝이며 물었어요.

"응. 아직 아무도 먹어 보지 못한 열매도 있지. 그 열매는 수수께끼처럼 신비로운 모습으로 변하게 해 주는 열매라구, 꺄르르."

치치는 잠시 고민에 빠졌어요. 이 괴물 섬이 너무 매력적이었거든요. 공부할 필요도 없고 나무마다 맛있는 열매가 주렁주렁 열리니까요. 도도새처럼 이곳에 남아 날마다 열매를 먹으며 지내는 모습을 상상하니 마음이 흔들렸어요. 게다가 수수께끼 열매가 어떤 맛일지 궁금하기도 했죠. 하지만 곧 보고 싶은 얼굴들이 떠올랐어요. 엄마 아빠와 친구들을 보지 못한다면 너무 슬플 것 같았죠.

"우린 원래 세계로 돌아갈게요!"

치치는 결심한 듯 말했어요.

포포도 집으로 돌아가서 게임을 하고 싶다고 했어요.

냐옹킹과 황금 원숭이들, 그리고 도도새는 아쉬운 인사 대신 즐겁게 춤을 추며 노래를 불렀어요.

너구리 덕분에 쿵딱쿵딱~

이 섬이 다시 좋아졌다네~ 쿵딱쿵딱~

모두 행복해졌다네~ 쿵딱쿵딱~ 꺄르르.

치치와 포포는 캐러멜 열매를 사이좋게 나눠 먹었어
요. 그리고 손을 꼭 잡고 나무 구멍 속으로 쏙 들어갔어
요.

길고 긴 미끄럼틀 같은 터널을 지나고 지나 눈을 떠
보니, 괴물 물고기의 똥구멍을 통해 뿅! 하고 바깥으로
빠져나왔어요.

치치와 포포는 캐러멜 열매 덕분에 바닷속에서도 숨
을 쉴 수 있었어요. 바닷속에서 신나게 헤엄치다 물 위
로 올라왔어요. 그러다 우연히 지나가던 배를 발견하고
손을 흔들어 구조를 요청했어요. 다행히 배에 올라탈
수 있었답니다.

집으로 돌아가는 배 위에서 치치와 포포는 서로를 바
라보며 환하게 웃었어요.

괴물 섬에 다녀온 뒤로 너구리 남매는 많은 것이 달라졌어요. 포포는 괴물 섬에서 만난 냐옹킹을 도와줬을 때 느꼈던 뿌듯함을 잊지 못해 의사가 되기로 결심했어요. 게임하는 시간을 줄이고 공부를 열심히 했어요.

치치는 환경 문제에 관심을 갖게 되었어요. 말랑말랑 해변에서 쓰레기를 줍는 봉사 활동도 시작했죠. 쓰레기가 누군가를 아프게 할 수 있다는 걸 깨달았거든요. 괴

물 섬의 냐옹킹처럼요.

치치와 포포는 괴물 섬에서 있었던 일을 아무에게도 말하지 않았어요. 부모님에게도요. 둘만의 비밀이었어요.

치치와 포포는 말랑말랑 해변을 지날 때마다 괴물 섬에서 먹었던 신비롭고 맛있는 열매들을 떠올리며 미소를 짓곤 한답니다.

괴물 섬 열매 도감

야자열매

갈증을 단박에 풀어주는 열매로, 딱딱한 껍질 안에 상쾌하고 시원한 즙이 있다.

붕어빵 열매

배고픔이 사라지는 열매로, 달콤한 팥 맛과 부드러운 슈크림 맛이 있다.

무지개 사탕 열매

기분이 좋아지는 열매로, 한 입 깨물면 달콤함이 퍼지면서 머리 위에 무지개가 떠오른다.

곰돌이 젤리 열매

몸이 흐물흐물해지는 열매로, 달콤한 과즙이 폭죽처럼 팡팡 터지니 조심해야 한다.

사과파이 열매

머리가 커지면서 몸이 둥실 떠오르는 열매로, 부드럽고 상큼달콤한 맛이 난다.

초콜릿 열매

몸이 투명해지는 열매로, 섬에 단 하나만 있는 희귀한 나무의 열매다.

콜라 열매

빠르게 달릴 수 있는 열매로, 톡 쏘는 청량한 맛이 최고다. 하지만 자꾸 트림이 나올 수 있다.

베이컨 피자 열매

몸이 가벼워지는 열매로, 먹을 때마다 치즈가 쭉쭉 늘어나는 재미가 있다.

치즈케이크 열매

힘이 세지는 열매로, 입안에서 사르르 녹는 부드러운 맛이 특징이다.

캐러멜 열매

물속에서도 숨을 쉴 수 있는 열매로, 쫀득쫀득하면서 씹을수록 달콤함이 깊어진다.

황금 사과 열매

수수께끼처럼 신비로운 모습으로 변하는 열매로, 아직 아무도 먹어본 적 없는 전설 속의 열매다.

신비한 괴물 섬과 마법의 열매

초판 1쇄 2025년 1월 10일

글·그림 주노 | 펴낸이 황정임
총괄본부장 김영숙 | 편집 김선의 김로미 | 디자인 김태윤 이선영
마케팅 이수빈 윤인혜 | 경영지원 손향숙 | 제작 이재민

펴낸곳 도서출판 노란돼지 | 주소 10880 경기도 파주시 교하로875번길 31-14 1층
전화 (031)942-5379 | 팩스 (031)942-5378
홈페이지 yellowpig.co.kr | 인스타그램 @yellowpig_pub
등록번호 제406-2009-000091호 | 등록일자 2009년 11월 18일

© 주노 2025
ISBN 979-11-5995-454-2 73810